U0108495

童話大語文

詞語篇下

詞語的運用

陳夢敏　著

冉少丹　繪

新雅文化事業有限公司

www.sunya.com.hk

目錄

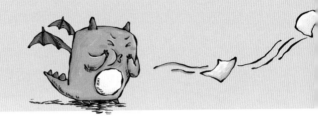

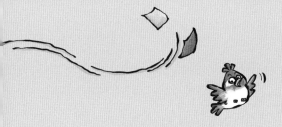

當一個
嘴巴甜甜的孩子

（知識點：褒義詞）

　　每次小熊左左和小熊右右一起出門，小熊右右總是更受歡迎，因為小熊右右的嘴更甜 🍬 。

　　見到河馬大叔，小熊左左會禮貌地

打招呼：「河馬大叔，您好！」

可你聽聽小熊右右是怎麼打招呼的：「帥氣的河馬大叔，您好呀！您今天的領帶特別酷！」

終於有一天，小熊左左下定決心，也要像小熊右右那樣說話，當一個嘴巴甜甜的孩子。

小熊左左出了門，他看到獾爺爺正在打理菜園，於是走上前去，大聲地打招呼：「勤勞的獾爺爺，您好呀！蔬菜們看上去都好水靈。」

「哈哈，沒錯，沒錯！」獾爺爺

5

哈哈笑着，摘了一個紅紅的番茄 送給他。

　　緊接着，小熊左左路過兔婆婆家，兔婆婆正在院子裏喝下午茶 。

小熊左左大聲地打招呼道：「**和氣**的兔婆婆，您好呀！您今天的紅披肩，像玫瑰花 一樣**美麗**。」

「誰的嘴這麼甜呀？原來是小熊左左呀！來吧，快坐下，陪我喝一杯美味的下午茶。」

小熊左左坐在兔婆婆的院子裏，喝着下午茶，心滿意足地想：說話甜甜的，真好呀。

告別了兔婆婆，小熊左左接着向前走去。

前面就是犀牛太太的家 了，

曾經聽小熊右右說，犀牛太太最喜歡聽讚美👍的話了。那我也去試一試！說不定，犀牛太太也會喜歡我！

我該怎麼讚美犀牛太太呢？小熊左左想：**漂亮**的、**美麗**的、**優雅**的、**善良**的、**聰明**的還是**賢惠**的呢？不管怎麼說，嘴巴甜一點，一定不會出錯。

走着走着，小熊左左聽到了犀牛太太大喊大叫的聲音。原來，學騎車的小豬嚕嚕撞壞了犀牛太太的竹籬笆，犀牛太太正大發脾氣呢。

　　小豬嚕嚕嚇得哇哇大哭，直流眼淚，連連道歉。可犀牛太太絲毫不肯饒過他，對着嚕嚕不停地發脾氣，一點也沒有要停下來的意思。

　　怎麼能這樣呢？

　　小熊左左大步走過去，大聲說：「犀牛太太，雖然小豬嚕嚕做錯了

9

事，但他已經很誠懇地道過歉了，您也不能沒完沒了地責罵他呀。來的路上，我還在想，我是不是會看到一個漂亮的、美麗的、優雅的、善良的、聰明的、賢惠的犀牛太太呢？可是，我現在有點失望！」

「哎呀，我的脾氣太暴躁了。」犀牛太太聽小熊左左這麼說，立刻意識到自己失態了，她應該當一位漂亮的、美麗的、優雅的、善良的、聰明的、賢惠的犀牛太太才對呀。

犀牛太太原諒了小豬嚕嚕，也為自己剛才的態度認了錯。大家都開心地笑了起來。

詞語也帶感情色彩

　　按照感情色彩的不同，我們可以把詞語分為褒義詞、貶義詞和中性詞。

　　褒義詞是表示讚許意義的詞，如：英雄、烈士、犧牲、忠誠、慷慨、漂亮、雄偉、壯麗、和平、幸福、聰明、成果、果斷等。

　　貶義詞是表示貶斥的、含有不好意義的詞，如：奸詐、走狗、勾結、巴結、虛偽、馬虎、懶惰、骯髒、醜陋、愚蠢、卑劣、武斷等。

　　還有很多詞，既沒有褒義色彩，也沒有貶義色彩，它們就是**中性詞**，如：山脈、河流、集體、理由、感覺、結論、奔跑、信念、留戀、面貌、討論、結果、決斷等。

　　由於語境的不同，褒貶意義也會發生變化。一個詞是否具有情感色彩取決於它所處的語言環境，例如：「驕傲」既可以表示「自豪、值得自豪的人或事物」等褒義，如「四大發明是中國的驕傲」，又可以表示「自負而輕視他人」的貶義，如「你這個人太驕傲了」。

1. 看圖猜詞

下面每幅圖中都藏着一個含有褒義色彩的成語，請你找一找、連一連。

長命百歲　指日高升　延年益壽　血氣方剛

2. 褒義詞大觀園

下面哪些詞語是褒義詞？請把它們所在的花朵盤子塗上紅色吧！

能説會道　　巧舌如簧　　能言善辯

伶牙俐齒　　眉飛色舞　　神采奕奕

詭計多端　　鼠目寸光　　處心積慮

童話鎮的垃圾站

（知識點：貶義詞）

　　童話鎮是一個美好的小鎮，這裏住着很多可愛的孩子，歡聲笑語不斷。仙女沫沫負責守護鎮子的安全。

　　但突然有一天，一場「刻薄話」

瘟疫 襲擊了整個童話鎮。天空 變得陰暗暗的，大家的情緒也受到了影響，每個孩子說出的話都變得尖酸又刻薄：

「你是一個**邋遢**鬼！」

「哼，你**小氣**、**貪婪**、**虛榮**，還**懶惰**得要命！」

「才不是呢，你**傻乎乎**、**慢吞吞**、**冷冰冰**……」

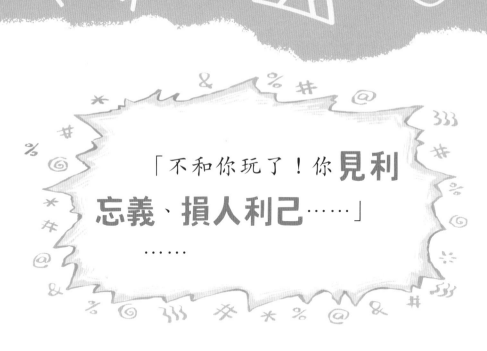

「不和你玩了！你**見利忘義、損人利己**……」

……

　　大家的話裏就像藏了刀子一樣，難聽又傷人。但是，受「刻薄話」瘟疫的影響，他們的嘴巴不受控制，根本沒辦法說出甜美 🌸 的話來。仙女沫沫急壞了，想盡了辦法，也找不到合適的方法消除瘟疫。

　　於是，她在童話鎮的花園旁邊找了

一處空地，建了個垃圾站，讓想說刻薄話的孩子都來這裏，「傾倒」他們的刻薄話。

大家都捂着嘴，憋着刻薄話，快速跑  進垃圾站，一股腦說出所有的刻薄話，然後輕輕鬆鬆地離開了。

可時間一長，垃圾站裏積攢了很多很多刻薄話，就快要裝不下了，有些刻薄話還溢進了花園裏。於是，仙女沫沫又急忙開始研究，如何把這裏的刻薄話清除出童話鎮。

刻薄話太多了，這得清除到什麼時候啊？她揮了揮魔法棒，把刻薄話埋進了花園裏。

第二天、第三天、第四天，依舊有很多孩子來這裏「傾倒」他們的刻薄話。

這天，垃圾站前排着長長的隊伍，

孩子們都等待着。

突然，一個叫小美的孩子叫了起來：「看，旁邊的花園變得灰溜溜的，花園怎麼變得那麼醜？」

還真是，紅的玫瑰、白的茉莉、紫的牡丹，現在全都變成了灰色 🌸。

「這是埋下了刻薄話的緣故。」仙女沫沫傷心地 👄 向大家解釋，「如果我們能説出一些甜美的話，也許能挽救花園，挽救我們的小鎮。可是，沒一

個孩子能做到⋯⋯」

　　小美看着變醜的花園，想起他們往日在漂亮的花園裏捉迷藏的情景，使勁地咽了咽口水：「沫沫仙女，我想⋯⋯我想⋯⋯你是世界上最好的仙女，我⋯⋯我⋯⋯我⋯⋯愛你！感謝你為童話鎮的付出，我想讓⋯⋯讓花園變回美麗的樣子！」

　　她戰勝了「刻薄話」瘟疫，説出了不是刻薄話的話，真是太不容易了！

　　這時，小美的話就像星光，

灑在了花園裏大麗菊的花蕊上，大麗菊又恢復了金子般明亮的顏色。

「謝謝你為我們做的一切，你是世界上最好的 仙女 。」琪琪的話讓灰玫瑰變回了好看的紅色。

後來，所有的孩子都努力地說出一句甜美的話，花園又變得漂漂亮亮的了。

至於那些刻薄話呢，再也沒在孩子們的嘴裏出現過！

謹慎使用貶義詞

　　童話鎮的孩子們經歷的這場「刻薄話」瘟疫，説出的刻薄話，其實就是貶義詞。貶義詞裏含有不贊成或不好的意思，帶有貶斥、否定、憎恨、輕蔑等感情色彩，比如：見利忘義、腦滿腸肥、遺臭萬年、賊眉鼠眼等。

　　這些詞的詞義是含有貶義的，一般在形容不好的事物時才會使用，**表達批評、諷刺或調侃的意思**。

　　使用貶義詞，**要注意語境，更要尊重他人**。不合理地使用貶義詞可能會對他人造成傷害，因此要盡量避免使用貶義詞來嘲笑、攻擊或侮辱別人。

垃圾分類

請把下面的詞語補充完整，再把其中的貶義詞挑出來（可以用連線的形式），扔進童話鎮的垃圾站吧！

愚（　）　　冷（　）　　（　）強　　懶（　）

漂（　）　　無（　）　　（　）麗　　（　）愛

善（　）　　勇（　）

漢字公主的裙子

（知識點：同義詞）

漢字王國 很大很大，住着許許多多漢字，其中有我們的好朋友「交小孩兒」，還有一位聰明又可愛的小公主。這個故事呀，就從這位小公主講起。

　　這位公主的房間裏，有一排長長的、望不到頭的神奇衣櫃 ，衣櫃裏掛滿了各種各樣的裙子。

　　漢字公主的裙子上都寫着詞語，穿上寫有什麼詞語的裙子，公主就能搖

身一變，變成什麼樣的人。比如：穿上「**活潑**」的裙子，公主就能變得非常活潑；穿上「**勇敢**」的裙子，公主就什麼也不害怕⋯⋯這段時間，照顧公主的管家生病了，來了一位新的管家照顧公主。管家還沒摸清楚公主房裏那一排長長的衣櫃裏究竟都有什麼，所以，她常常會拿錯 ✖ 裙子。

公主要去參加舞會，需要一件「**美麗**」的裙子。公主想着，只有這樣，她才能更加美麗。

「親愛的小公主，我沒找到『美

麗』，只找到了『**漂亮**』這件，就穿這件吧，漂亮的公主也很適合參加舞會，是不是？」管家拿着裙子走來。

「好吧，好吧。」公主也覺得這兩件裙子差不多，點頭同意了。

第二天，公主就要考試了，她讓管家找一件「**聰明**」的裙子，這樣，她一定會取得好成績。

「親愛的小公主，『聰明』我沒找到，只找到了『**聰慧**』。我覺得『聰慧』好像更適合你！」管家拿來了另一件裙子。

27

「不錯，不錯，這件好像更不錯！」公主點點頭，換上了「聰慧」的裙子。

國王讓公主學着管理國家，分擔自己的政務。此時此刻，公主正需要一件「勤勞」的裙子呢。

可是管家呢，又沒找到！她為公主

28

拿來的是「**勤奮**」的裙子。

　「穿上這件吧，我覺得這件更適合你。『勤勞』的裙子一穿，你適合去辛勤勞動  呀！但『勤奮』可不一樣，能讓你更努力地  學習管理國

家。」管家邊拿着裙子邊比畫着説。

「嗯嗯，你説得對，我覺得『勤奮』更好些。」公主穿上了「勤奮」的裙子，變成了一位勤奮的公主。

後來，鄰國的公主要來拜訪漢字公主，增進兩國之間的友誼。

公主讓管家給她找一件叫「**高貴**」的裙子。

可是，管家又沒找到，説：「親愛的小公主，『高貴』我沒找到，『**高傲**』行不行呢？」

「『高傲』怎麼能行啊？」公主

這次果斷地拒絕了管家的安排，「雖然它們有點像，但意思並不完全相同，高傲會讓我變成一個自以為是、驕傲自大的人！你快回去重新找！」

很快，管家拿着另一件裙子回來了，不過這一次，她拿的是「**高雅**」。

唉，這個管家呀，為什麼總找不到我想要的呢？公主決定，下次自己來找，還要把一件叫「**認真**」或「**仔細**」的裙子送給她！

善用同義詞舉一反三

　　故事中管家為小公主找來相似的裙子，其實就是同義詞。同義詞是指意義相同或相近的詞語，如：「美好」和「美妙」、「懶惰」和「怠惰」、「枯萎」和「乾枯」。

　　善於使用同義詞有很多好處。首先，善於利用同義詞可以**使你的表達更加準確、精細**；其次，還可以**使你的表達具有豐富的變化**，避免語句重複、呆板。總之，在生活和學習中，你一定會學到很多詞語，盡量收集更多的同義詞，這樣一來，你不僅見到一個詞就能舉一反三地說出很多與它相近的詞，而且在表達中的用詞也會更加精準，更加生動。

1. 送詞語娃娃回家

下面幾個「詞語娃娃」從「句子家庭」裏走丟了！你能分清他們，並把他們送回各自的家嗎？請用線把相應的詞語連入房子中。

嚴格   嚴肅

1. 媽媽對我的要求很 ，這是出於對我的愛。

2. 他是個很 的人，很少看見他的笑容。

安靜 寧靜

3. 這是一個 的夜晚。

4. 自習課時，同學們都在做作業，教室裏顯得十分

 。

2. 近義詞連連看

| 乾枯 | 商量 | 準確 | 教育 | 簡單 | 審視 |

| 注視 | 簡便 | 教誨 | 正確 | 商定 | 乾涸 |

誰好誰不好

（知識點：反義詞）

　　森林裏，小山雀和小鼴鼠是好朋友。小山雀住在高高的樹上  ，小鼴鼠住在深深的地下  。

　　有一天，他們卻吵了起來。

小山雀說：「住在**高**處好，住在樹上離雲朵  更近一些。」

小鼴鼠說：「住在**低**處好，住在土裏能被泥土 擁抱在懷裏。」

「高處好！高處通風又涼爽！」

「低處好！低處溫暖又安全！」

小山雀和小鼯鼠的爭吵聲越來越大，聲音竟然飄到了漢字王國裏。

　　這種緊張又不安的氣氛也影響到了漢字王國的漢字們。

　　於是，「**大**」字和「**小**」字吵了起來——

　　「大好！大的大象、大的犀牛、大的河馬，都很厲害！」

　　「小好！小的小鳥、小的小雞、小的小孩，都很可愛！」

　　「**遠**」字和「**近**」字吵了起來——

「遠好！遠處總有不一樣的風景，總有不一樣的驚喜！」

「近好！近處總是讓人有熟悉和親切的感覺！」

「多」字和「少」字吵了起來——

「多好！多多的蘋果，多多的南瓜，多多的紅蘿蔔……總會帶給人豐收的喜悅！」

37

「廢話多了就不好！」

　　說完這一句，「少」字就閉上了嘴，抱着胳膊生悶氣。哎呀，「少」字連吵起架來都惜字如金的。

　　「暖」字和「冷」字吵了起來——

「暖好。人人都喜歡溫暖！他們喜歡暖風，喜歡暖陽。被人感動了，會說暖心，像有暖流流入心間。」

「可是，你別忘記了，人們也需要冷靜！而且，雪糕冷不冷？人人都愛吃！再說了，要是不小心扭傷了腳，人們還需要冷敷呢！」

⋯⋯

漢字們吵啊吵，吵啊吵，沒想到他們彼此越離越近，不一會竟然黏在了一起，分不開了。

漢字公主走了過來，她起初是想來勸架的，這時不由得大笑起來：「你們看看你們現在的樣子，真好玩！」

大家你看看ᴑᴑ我，我看看ᴑᴑ你，不知道該如何是好。

漢字公主說：「這個世界上，本來就有大有小，有遠有近，有多有少，有冷有暖，有上有下，有前有後，有甘有苦⋯⋯現在好了，你們黏在一起，我們的漢字王國又有了新的詞語——**大小**、**遠近**、**多少**、**冷暖**、**上下**、**前後**、**甘苦**⋯⋯我得去和國王分享這個好消息！」

於是，漢字王國的爭吵就這樣平息了下來。不過，小山雀和小鼴鼠還在爭吵呢。

突然，從漢字王國裏飛出一張橫幅，上面寫着：

做好鄰居　　不問勝負　　不問輸贏　　友好相處

小山雀和小鼴鼠這才反應過來自己的行為有多傻。小山雀從樹上銜來一串小果子，小鼴鼠從地下捧出一大把花生，他們原諒了彼此，一起開開心心地吃起了好吃的。

41

來用反義詞創作吧！

　　故事中出現了很多「反義詞」，那什麼是反義詞呢？反義詞就是**意義相對或相反的詞**，如「長」和「短」、「仔細」和「馬虎」、「生」和「死」就是反義詞。我們積累的詞語越多，越能更快地說出一個詞語的反義詞。反義詞對我們平時的寫作和表達也有很多好處。許多詩人也喜歡使用反義詞創作詩歌，例如，孟浩然《春曉》中的詩句「夜來風雨聲，花落知多少」的「多少」就是一組反義詞。

　　還有一種很有趣的現象，**多義詞的不同義項可以有不同的反義詞**，例如，「老」在年齡義上的反義詞是「少」，在口味義上的反義詞就成了「嫩」。要注意區分喲！

1. 看圖猜反義詞

2. 找找反義詞

請讀讀句子，找出每句中一組意思相反的詞。

1. 哥哥長得高，弟弟長得矮。　　　（　　——　　）

2. 兔子跑得快，蝸牛爬得慢。　　　（　　——　　）

3. 班長來得早，可他的弟弟卻
　　來得很晚。　　　　　　　　　（　　——　　）

一隻叫小白的黑狗

（知識點：辨別反義詞）

　　有一隻叫小**白**的**黑**狗，因為名字有點特殊，所以經常聽到別人討論他的名字：「咦？你叫小白呀？應該叫小黑才對。」

　　小白就是小白，才不叫什麼小黑呢！但小白感到有點迷茫，他希望能找到一個跟他一樣有特別名字的朋友。如果他們有同樣的煩惱，就會成為好朋友吧。

　　小白背上行囊上路了，一邊走，一邊看家家戶戶門口牌子上寫着的名字：

聰明的小豬

　　豬怎麼會很聰明呢？這傢伙一定名叫**聰明**，但其實很**笨拙**。

45

小白按響了門鈴，期待和小豬成
為好朋友，然而，他卻失望了。這真是
一隻非常聰明的小豬，他能背
一百首唐詩，還能又快又準確
地算出一百以內的加減法。

11+87 34+58 79+20

危樓高百尺，手可摘星辰，

小白告別了聰明的小豬，繼續踏上尋找朋友的路。

膽小的獅子

膽小的獅子？獅子那麼強壯，一定很**勇敢**呀，怎麼可能**膽小**呢？

小白拜訪了膽小的獅子，可他又一次失望了。這真是一隻膽小的獅子，天空中打了一個悶雷 ，把獅子嚇得躲到被子裏瑟瑟發抖 。

小白只好再次上路。走着走着，他來到了小烏龜家。

飛快的小烏龜

烏龜不都是行動慢吞吞的嗎，怎麼能叫飛快的小烏龜呢？他一定跟我一樣，起了個與自己實際情況相反的名字！

小白敲 開了小烏龜家的門，只見小烏龜飛快地從裏面衝了出來——原來他給自己訂製了一雙滾軸溜冰鞋 ，穿上它，果然成了**飛快**的小烏龜。

「我討厭**緩慢**的感覺，我喜歡嗖

嗖嗖——」小烏龜對小白說，「你要是覺得自己的名字和自己的長相不一樣，又不想改名的話，也可以把自己的黑色毛髮染成 白色呀。」

小白覺得小烏龜說得沒道理，還是堅持自己的想法，要找到一個跟他惺惺相惜的朋友。

小白走啊走，走啊走。

他遇到了一隻叫「矮小的長頸鹿」的矮小長頸鹿 。

他遇到了一隻叫「短耳朵兔子」的短耳朵兔子 。

49

他遇到了很多和自己的名字真的一樣的動物⋯⋯

小白走呀走，看到一幢房子，上面也有一塊門牌。

傷心的貓

小白敲敲門，走進了貓的家。果不其然，他確實看到了一隻非常 **傷心** 💔 的貓，小白在她的臉上找不到半點快樂。

這隻叫小白的黑狗心想：她那麼傷心，真讓人心疼啊，我要是多陪陪她，一定會帶給她快樂吧？

小白沒有繼續踏上尋找朋友的路，他決定留下來，幫助這隻傷心的貓。最終，他和這隻非常傷心的貓成了好朋友。

這隻貓呢，也不再傷心啦，變得越來越**快樂**。

反義詞找找看

上一篇故事已經給大家介紹了反義詞的基本知識。這篇故事中，也包含着幾組反義詞：

叫小白的黑狗：黑　　　　白

聰明的小豬：聰明　　　　笨拙

膽小的獅子：膽小　　　　勇敢

飛快的小烏龜：飛快　　　　緩慢

矮小的長頸鹿：矮小　　　　高大

短耳朵兔子：短　　　　長

傷心的貓：傷心　　　　快樂

不知道你在看故事的時候，有沒有辨認出這些反義詞呀！

反義詞大挑戰

請你為下面這些詞寫
下反義詞吧！

喜歡

_____

大

_____

美麗

_____

高興

輕鬆

_____

好吃

_____

新鮮

_____

真實

_____

忙碌

_____

頂頂聰明的皮皮狗

（知識點：多義詞）

　　皮皮狗是個非常聰明的孩子。他學什麼都很快，遇到問題也會想辦法。可他就是有一個缺點，他喜歡顯得比別人更聰明，也就是大家常說的，他是個容

易**驕傲**的孩子。

　　小豬嚕嚕發現了一棵果實纍纍的蘋果樹。可是，嚕嚕不會爬樹，他只能眼巴巴地望着樹上的果實流口水🐛。

　　「嚕嚕，你怎麼這麼笨呀，盯着蘋果就能把它給盯🐛🐛下來？你抱着樹幹使勁搖搖，熟透了的蘋果不就掉下來了嗎？」皮皮狗給嚕嚕出主意。

　　小豬嚕嚕果然搖下來許多蘋果🍎。當然嘍，嚕嚕把自己的成果也分享給了皮皮狗。

　　「以後你碰到不會的事情儘管來問

55

我，我是非常聰明的皮皮狗。」皮皮狗啃着蘋果，得意 🕶️ 地說。

「聰明是聰明，可你也是個**驕傲**的皮皮狗。」小豬嚕嚕低聲嘀咕道。

小熊毛毛讀書 📖 的時候，沒弄懂一句話的意思——「馬博士肚子裏的墨水真不少。」

「他是馬博士，又不是墨魚，肚子裏怎麼會有墨水 🖋️ 呢？」小熊毛毛把頭抓了又抓，怎麼也沒想明白。

「唉，這都不懂！這句話是用墨水來形容學問 🎓，是指馬博士的學問

大！」皮皮狗解釋完，跟着又補充了一句，「以後，有不懂的東西儘管來問我，我是非常聰明的皮皮狗，這種問題，對我來說是小意思 ！」

「是比我聰明一點，可誰沒有不會的東西呢？只有**驕傲**的小狗才好意思這麼說吧？」小熊毛毛有點不服氣。

小獅子去雜貨店買東西，拿了一瓶醋 ，拿了兩塊布 ，站在那裏掰着手指算賬呢，好半天也沒算清楚。

皮皮狗走過去，看了看標籤 ，很快就有了答案：「五塊錢加十二塊

錢，再加十二塊錢，等於二十九塊錢。
以後，有不懂的東西儘管來問我，我可
是非常聰明的皮皮狗。」

　　誰知道，小獅子不但沒有說謝謝，
臉色還變得很不好看：「會算就會算，
有什麼了不起，顯擺什麼呀？」

　　皮皮狗嚇得趕緊閉上了嘴  。

「皮皮狗，雖然你很聰明，但幫助別人的時候，也要考慮別人的  感受。」雜貨店的棕熊叔叔對皮皮狗說，「我可不希望看到一隻**驕傲**的皮皮狗，我希望皮皮狗會成為我們大家的**驕傲**。你明白我的意思嗎？」

「嗯嗯，我明白了。」皮皮狗使勁地點點頭。

從那天起，皮皮狗在幫助別人的時候，再也不說自己是非常聰明的皮皮狗了。他謙虛地幫助他人，不求他人的表揚  。

這時候，反倒有人誇他：「真是聰明的皮皮狗呀！」

而且，大家都為和皮皮狗成為朋友而感到**驕傲**呢。

上文下理辨別詞義

　　明明都是「驕傲」，為什麼表達的意思有那麼多呢？其實啊，這種詞就叫多義詞。**多義詞是指具有兩個或更多意義的詞，同一個詞在不同的語境中具有不同意義**，比如「算賬」，既有「計算賬目」的意思，又有「吃虧或失敗後和人爭執較量」的意思。

　　如何確定多義詞的詞義呢？通常，我們可以根據上下文來確定，例如：這盤棋算你贏了，明天我們再算賬。這裏的「算賬」是什麼意思呢？沒錯，這裏的「算賬」就是說話的人輸了棋，但還有想與人爭執較量的想法。

　　多義詞的存在使得語言更加豐富多樣，如果你在生活中遇到了多義詞，請根據具體的語境來理解其意義啊！

詞義連連看

下面每個句子裏都包含「光」字，請你用線把句子和「光」的正確詞義連起來吧！

媽媽不光為我做飯洗衣，還教我讀書。　　　　　　一點不剩

我把碗裏的飯吃光了。　　　　　　光線

明亮的燈光，灑在我的作業本上。　　　　　　身體露着

奧運健兒為國爭光。　　　　　　光滑

我光着一隻腳就急忙趕來了。　　　　　　景物

臨陣磨槍，不快也光。　　　　　　只，單

明媚的春光，永遠值得人們留戀。　　　　　　榮譽

國王的動物保護協會

（知識點：帶「動物」的詞語）

最近，森林裏發生了一件大事，小公主的寵物狗被捕獸夾誤傷了。小公主哭得很傷心，眼睛腫得像水蜜桃。國王為了抓到兇手，成立了：

動物保護協會

「我的好孩子，別傷心，我會下令把不愛護動物的人全都抓起來！」國王信誓旦旦地說，「誰用的東西跟動物沾上了邊，也得被關進監獄！」

國王的命令傳達了下去。不久，整個王國的監獄 變得越來越擁擠！

「冤枉啊！」一位老爺爺被抓了起來，他大聲地為自己申辯，「我沒有虐待動物，我只是戴了**蛤蟆鏡***！」

「那也不行，誰讓你用的東西跟動

---

* 蛤蟆鏡，太陽眼鏡的一種。

物沾邊兒呢？」

「冤枉啊！」一位漂亮  的女士被抓了起來，她大聲地為自己辯解，「我沒有虐待動物，我只是穿了**魚尾裙**！」

「那也不行，誰讓你用的東西跟動物沾邊兒呢？」

「冤枉啊！」一位修理工被抓了起來，他也不服氣地喊道，「修理東西不讓用**老虎鉗**，還有比這更荒唐的事嗎？」

「就是，戴個**蝴蝶結**也會被抓起來，你們還有沒有王法？」

「王法？我說的話就是王法！」國王毫不動搖，「誰讓你們用了跟動物沾邊兒的東西呢！」

於是，小姑娘不敢紮**馬尾辮**了，花匠不敢再用**鶴嘴鋤**了，收破銅爛鐵的人不敢再用**蛇皮袋**了，就連醫生診所上的廣告也變了樣，沒人敢說自己會治**雞眼**、治**牛皮癬**了！

整個王國都

亂套了──

馬路上的**斑馬線**消失了！

大門上的**貓眼**沒有了！

桌子上的**滑鼠**不見了！

牀上的**蚊帳**也找不到了！

後來，有一個戴着**虎頭帽**的孩子來到王宮前，對國王説：「陛下，請把我和您一起關進監獄！」

「我為什麼要跟你一起進監獄？」國王吃驚地問道。

「因為您有時會穿**燕尾服**，牀上還鋪着**天鵝絨**牀單，出門還會坐**馬車**……您説，您是不是也該進監獄？」

「那是，那是因為……」國王被問蒙了，張嘴就想反駁，卻說不出話來。

「對啊，有許多物品根本就不是由動物製成的，只是物品的名字帶有動物的字眼而已。難道，蛤蟆鏡👓真是由蛤蟆做成的？魚尾裙真是由魚的尾巴做成的？燕尾服真是由燕子尾巴做成的？您這樣絲毫不加以判斷地下達命令，把大家都關進監獄，只會讓這個國家失去公信力。」

國王羞愧得滿臉通紅。

「真正的動物保護協會，應該懲

罰虐待動物的人。」戴虎頭帽的小孩子說，「您說對吧？」

　　「對對對，我這就下令改正我的錯誤！」國王拼命地點頭，「為了懲罰我自己，我這一年都不再吃我最喜歡的**龍眼**了！」

文學中的動物形象

　　自古以來，豐富多彩的大千世界裏，人們就同動物相互依存，共同生活。為了更好地感知、認識和理解周圍世界，人們習慣於把對動物的認識投射到廣泛事物上，因此，漢語中帶「動物」的詞語非常多。故事中的這些詞語，其實都是人們在長期生活中歸納總結出來的。

　　一般來説，由動物的特點引發聯想而產生的詞語比較多。比如「吃苦耐勞、任勞任怨」是牛的典型特點，因此就產生了「**老黃牛**」、「**孺子牛**」這樣的詞語，來比喻終日勞碌、無私奉獻的人。因為牛力氣也很大，因此也產生了「**牛脾氣**」、「**九牛二虎之力**」這種比喻人的脾氣執拗或力氣大的詞語。烏鴉可能會讓人產生不好的聯想，因此也產生了「**烏鴉嘴**」這種比喻人説話不吉利的詞語。人們會認為狼是兇猛、狡詐和貪婪的，因此，漢語中也有「**狼心狗肺**」、「**狼子野心**」等詞語，用狼的特點來形容人。同類的詞語還有「**過街老鼠**」、「**賊眉鼠眼**」、「**膽小如鼠**」等。

與十二生肖相關的成語

　　十二生肖是中國傳統文化中的十二個典型的動物形象，這些動物還衍生出不少成語，你都知道哪些呢？動筆寫一寫吧。

_____ _____ _____

_____ _____ _____

_____ _____ _____

_____ _____ _____

植物異星人

（知識點：帶「植物」的詞語）

　　一架綠色的飛碟緩緩降落在綠色的草坪上，從裏面走出來一位自稱植物異星人的綠色生物 。他來地球幹什麼呢？原來啊，他是奉植物異星球首領的命令，來懲罰 地球上不愛護

植物的人類的。

植物異星人邁開綠色的大腳，咚咚咚地走在路上。不一會兒，他就碰到了一個小男孩。

「人類男孩！」植物異星人伸出綠

色的大手，擋住 小男孩的去路，「我是植物異星人，我要來懲罰不愛護植物的人類！」

「等等……」小男孩大叫道，「我很愛護植物，而且你看，我有一張**瓜子臉**！瓜子 也是植物吧，我倆算是同類！」

「哦，沒錯，我們算是同類。」植物異星人放走了他，開始尋找下一個目標 。

沒過多久，植物異星人又看見了兩個小女孩。他伸出綠色的大手，一手攔

住一個小女孩 。

「你們是不愛護植物的人嗎？我要懲罰你們！」

「等等，我們肯定是愛護植物的，而且……」一個小女孩喊道，「我有一雙**杏仁眼**，我們算是同類吧？」

「對啊對啊，大家也都說我是**柳葉眉**！」另一個小女孩指着自己彎彎的眉毛說。

「哦，那我們也算是同類。」植物異星人放下了大手 ，讓兩個小女孩離開。

另一邊，遇到植物異星人的小男孩跑回村子，告訴 ⬛ 了人們這個消息，還把應對植物異星人的方法告訴了大家。

不一會兒，植物異星人果然來到了村口。他咚咚咚地走過去，又伸出了好幾隻大手，沒錯，他是植物異星人啊，可以變出很多隻大手，多得像樹上的樹枝一樣。

「我要懲罰不愛護植物的人類！」

「我有**櫻桃小嘴**！」

「我有**楊柳腰**！」

「我有**蒜頭鼻**！」

「我有**苦瓜臉**！」

⋯⋯

「你別在這裏花心思了，我們都是愛護植物的人，而且都應該是你的同類！」大家異口同聲地說。

「好吧，那我就放心地回去了！」植物異星人放開大家，再次邁開腿，咚咚咚地就要離開。

「等一等！」一個可愛的小女孩把一張紙遞給他，「這是送給你的紀念品，再見啦。」

植物異星人回到植物異星球，把地球上的消息匯報給首領，順道把小女孩送給植物異星球的紀念品呈了上來。可這時，首領還是不相信地球上的人類是真正愛護植物的。

首領勃然大怒，拍着桌子說：「你這個呆瓜，你肯定是上了狡猾人類的當了！他們根本就不是我們的同類，什麼瓜子、杏仁、柳葉啊，那只是用植物來形容自己的容貌啊！你！重新出發，一定要懲罰那些不愛護植物的人！」

「等等⋯⋯這張紙是什麼？」首領拿過植物異星人呈上來的紀念品，打開一看，突然笑了，「哈哈，不用再去了，我放心了，地球上的人類果然也是愛護植物的！」

原來，這是一幅小女孩畫的、自己為花澆水的畫。

在植物異星人眼裏，這可是一幅充滿愛意的畫啊！

以植物作比喻

　　故事中的「**瓜子臉**」、「**杏仁眼**」、「**柳葉眉**」等都是用植物來做比喻而引申出的詞語。

　　這類詞語還有「**蘿蔔腿**」、「**牆頭草**」等。這些植物類詞語能夠形成固定用法，與植物本身的特點、中華傳統文化內涵是分不開的。人們喜歡利用植物的特點來對事物或人物進行比喻或對比，在很多古詩中，也常常可以看到作者以植物進行比喻的創作手法。例如，鄭燮的《竹石》：「咬定青山不放鬆，立根原在破岩中。千磨萬擊還堅勁，任爾東西南北風。」表面上看起來是在描述松樹立根青山的韌勁，其實含蓄地表達了自己剛正不阿、堅強不屈、鐵骨錚錚的骨氣。

　　具有比喻意義的植物還有**花中四君子**「梅、蘭、竹、菊」，**歲寒三友**「松、竹、梅」等。

看圖猜成語

下面每幅圖中都藏着一個帶有植物字眼的成語,請在圖下
方框中寫出正確的成語吧。

小熊毛毛
闖進了禮貌國

（知識點：禮貌用語）

聽人說，河對岸有一個禮貌國，裏面的每一位居民都很有禮貌，就連進入禮貌國的人都會變得有禮貌。小熊毛毛可不相信，於是他帶着行李箱，獨

自前往禮貌國。

「**歡迎**，歡迎。**請**進，請進！」剛一踏進禮貌國，就有守衛向他拱手，「歡迎來到**鄙國**，您是遠道而來的客人，有什麼需要儘管吩咐。」

在這裏，小熊毛毛不斷地聽到什麼**勞駕**啊，**拜託**啊，**費心**啊之類的詞，看來禮貌國的人們確實都很有禮貌啊。

走着走着，小熊毛毛路過一家烤肉店，香噴噴的蜂蜜烤翅實在太誘人了。小熊毛毛大喊：

「老闆，給我來二十串烤翅！」

「請先付一聲『**勞駕**』。」烤肉店店主客氣地說。

小熊毛毛很奇怪：「我有錢啊，拿錢來買烤翅為什麼要說『勞駕』？」

「**抱歉**，在禮貌國，人人都得講禮貌。要是不付，請恕我不能奉上烤翅。」

「哼，不賣就不賣，我不吃了！」小熊毛毛昂着頭，一聲不吭往外走。

他心裏想：這裏的人真奇怪，有錢還不讓買東西，難道還有不願意賺錢的人？

小熊毛毛又走進了一家蛋糕店。

「歡迎光臨。」

「我要這個朱古力蛋糕。」小熊毛毛指着一款蛋糕說。

「請先付三聲『**你好**』，再付三聲『**拜託**』。」蛋糕店店主也客客氣氣地說。

87

「真是太可笑了，怎麼你的店裏也有這些奇怪的要求？」小熊毛毛轉身就要離開蛋糕店。

「請等一等。」正在逛蛋糕店的小兔花花追了上來，好心地提醒小熊毛毛，「親愛的小熊，你應該不了解禮貌國的規矩吧？如果你在禮貌國主動說『請』或『勞駕』之類的禮貌用語，那麼在買東西的時候就不用再額外付那麼多禮貌用語了。」

「嗯？這是什麼意思？」

「在禮貌國的任何一個公共場合，

都會記錄客人的言行舉止，你要再這樣下去啊，我看你下次再走進一家店，可能要付更多的禮貌用語才行呢。」小兔繼續說。

「我才不信呢！」小熊毛毛一腳跨進了一家飲品店，對着店主更加粗魯地說，「趕緊給我上一杯西瓜汁！」

「抱歉，請先付二十聲『**麻煩您**』，鑒於您的說話記錄，在飲用西瓜汁之後還得加付五十聲『**謝謝您**』才能走出飲品店。」

「這是什麼破地方？」小熊毛毛氣急敗壞地說，「我要離開這裏！」

小兔跟了上來，趕緊拉住他：「你不說禮貌用語，禮貌國的大門是不會為你敞開的。現在，你可能也無法離開禮貌國了。」

聽到這裏，小熊毛毛開始害怕了，只能趕緊開口：「麻煩您，麻煩您，麻煩您……謝謝您，謝謝您，謝謝您……」

說着說着，小熊毛毛的心情就開始由着急生氣變得開心起來。原來，

有禮貌能讓人這麼舒服又喜悦啊！

最後，小熊毛毛還對着小兔花花真誠地說：「謝謝你，小兔。」

「恭喜恭喜，你現在已經是一個有禮貌的孩子了。走，我帶你去禮貌國的獎勵中心，領取一塊專屬於你的禮貌獎章吧！」

走出禮貌國時，小熊毛毛心裏想：以後，我還要當個有禮貌的孩子，可不能讓獎章變得名不副實呀。

91

禮多人不怪

　　俗話說：「良言一句三冬暖，惡語傷人六月寒。」禮貌用語就屬於良言之列。

　　禮貌用語在我們平時的溝通和交流中起着非常重要的作用。中國有「君子不失足於人，不失色於人，不失口於人」的古訓，禮貌待人，使用禮貌語言，是我們中華民族的優良傳統。

　　學會說禮貌用語是**尊重他人**的具體表現，是**和他人建立友好關係**的敲門磚。所以我們在日常生活中，尤其在社交場合中，使用恰當的禮貌用語十分重要。

　　多說禮貌用語，不僅表示對別人的尊重，而且還能**表明自己有修養**，好處多多，在生活中要多多使用啊！

1. 我會說禮貌用語

與人相見說 _____ ； 問人住址說 _____ ；

問人姓氏說 _____ ； 麻煩別人說 _____ ；

求人辦事說 _____ ； 求人方便說 _____ ；

言行不妥說 _____ ； 迎接客人說 _____ ；

中途先走說 _____ ； 請人勿送說 _____ 。

2. 情境判斷

請在用了禮貌用語的句子後畫「✓」，在沒用禮貌用語的句子後畫「✗」。

• 叔叔要遠行了，我對他說：「一路平安！」　（　）

• 李明邊走邊看漫畫書，到了校門口，目不離書，
隨便敬了個禮，叫了聲「老師」，走進了校門。（　）

• 下課了，師生互道「再見」後，應讓老師先離開
教室。　（　）

• 不小心撞到同學，應主動說：「對不起。」　（　）

• 你正在欣賞精彩的電視節目，媽媽喊你吃午飯，
你厭煩地說：「不要講話！」　（　）

小妖怪的情緒貼

（知識點：形容情緒的詞語）

　　森林裏的小妖怪，做出了很多情緒貼，他悄悄地召喚來一陣風 ，把情緒貼吹散開來。

　　小熊正坐在大樹下看書 📖 呢。

這是一本好玩的圖畫書，小熊很喜歡，他看了一遍又一遍，邊看邊哈哈大笑。可突然，小熊變得好緊張，有點**心神不寧，坐立不安**。

「好奇怪，我這是怎麼了？感覺有點**如坐針氈**！」小熊不知道，其實是**緊張**的情緒貼吹到了他的身旁，貼在了他的身上。

小松鼠正**興致勃勃**地吹着口哨。在他眼裏，連樹葉 的沙沙聲都像是在為他鼓掌。可不知道從什麼時候開始，小松鼠的口哨聲越來越小、越來越小。再後來，小松鼠開始**垂頭喪氣**，覺得自己的口哨聲吹得真難聽。

　　「我也不知道怎麼了，突然就有點**心灰意冷**，好像怎麼努力也吹不好口哨一樣。」小松鼠不知道，其實是**沮喪**的情緒貼被吹到了他的身後，貼在了他的背上。

　　小豬散步的時候，在草叢中發現了一顆閃亮的玻璃球　。哇，運氣太好了！可是，小豬的　眼淚　卻嘩嘩地往下流。

小麻雀奇怪地問他：「小豬，你是太高興了，**喜極而泣**嗎？」

小豬哭得一把鼻涕一把淚：「不，不，不，我也不知道為什麼，突然感到很難過，覺得**心如刀割、肝腸寸斷**……」

原來是**悲傷**的情緒貼貼到了小豬的身上。不用說，這肯定也是小妖怪惹的禍。

害怕的情緒貼飛到了小貓身上，正在學抓老鼠 的小貓突然緊緊地抱住自己，**瑟瑟發抖**：「別……別再說

了，一提起那個東西，我就覺得膽戰心驚、毛骨悚然……」

「這孩子是怎麼啦，怎麼變得膽小如鼠了？」貓媽媽憂心忡忡地望着小貓。

天哪，一提鼠字，小貓就尖叫一聲，一下子躥得不見蹤影了！

哈哈，好玩，真好玩！小妖怪透過水晶球看到這一切，忍不住開心得手舞足蹈起來。

「小妖怪，是你幹的好事吧？」門嘭的一下被踢開了，一隻氣哼哼的

小兔子衝了進來。小兔子身上貼着一張**憤怒**的情緒貼，**咬牙切齒**地對着小妖怪亂揮拳頭：「莫名其妙，我原本正在打理我的紅蘿蔔倉庫，突然感到**怒火中燒**，想**大發雷霆**。我想，一定是你在搗亂！」

看到小兔子**暴跳如雷**的樣子，小妖怪也終於認識到了自己的錯誤：「對……對不起，我馬上就收回這些情緒貼。」

收回了先前散落在各處的情緒貼之後，小妖怪又趕緊散發了一些**快樂**

的情緒貼。

　　風把情緒貼吹散開，森林裏又響起了此起彼伏的快樂歌聲。

豐富感情寫出來

在傳統文化中，人們一般將情緒分為喜、怒、哀、樂、愛、惡、懼七種基本形式，而現代心理學把情緒分成了快樂、憤怒、悲哀和恐懼四種基本形式。情緒有很多種，可如何表達我們的情緒呢？漢語中有很多表達情緒的詞語，這些詞語可以將人們的心理活動和心理狀況形象地表達出來，這就是情緒詞。

以下所列為常見的情緒詞。

表達激動：悲喜交加、百感交集、情不自禁、心潮澎湃、慷慨激昂等。

表達感激：感激涕零、感恩戴德、謝天謝地、沒齒不忘等。

表達懊喪：垂頭喪氣、灰心喪氣、心灰意冷、自暴自棄、大失所望等。

表達悲痛：心如刀割、切膚之痛、哀毀骨立等。

表達憤怒：怒不可遏、怒火中燒、忍無可忍等。

表達歡喜：歡天喜地、歡欣鼓舞、興高采烈、心花怒放、手舞足蹈等。

表達憂愁：愁眉不展、愁眉苦臉、愁眉緊鎖、鬱鬱寡歡等。

表達煩亂：坐立不安、忐忑不安、方寸大亂、六神無主、心煩意亂等。

在寫作中表達我們的情緒時，如果能使用一兩個情緒詞，會讓你的文字看起來更加生動，表達出更加飽滿的情緒呢！

1. 情緒我知道

圖中小怪獸的表情是怎樣的?請你跟着做一做,揣摩他的情緒,並用一個詞語形容出來。

1.   2.

3.  4.

2. 情緒猜猜猜

• 今天課上紀律不好,老師有些( )。

A. 惱火 　　B. 高興 　　C. 害怕

• 看到藏羚羊慘遭獵殺,我的心裏非常( )。

A. 後悔 　　B. 難過 　　C. 愉快

• 除夕夜,家家張燈結綵,人人都( )。

A. 心煩意亂 　　B. 老羞成怒 　　C. 心花怒放

㕂齝小姐和摳門先生

（知識點：趣味菜名）

㕂齝小姐有了位新鄰居。

新鄰居很有禮貌，搬來的第二天就來拜訪㕂齝小姐。

「我是摳門先生，想請您光臨寒

舍，一起共進晚餐 ，請問您有時間嗎？」

雖然叫摳門先生，但肯主動請客，也不算摳門吧？吝嗇小姐高高興興地赴了宴。

吝嗇小姐一來，摳門先生就立刻鑽進廚房，忙活了起來。

「請您吃一盤『**青龍臥雪**』！」

吝嗇小姐暗暗稱奇，誰都知道，一般大家稱「蛇」 為「龍」。難道，這摳門先生敢用「蛇」入菜？

誰知道，摳門先生端出來的是一盤白糖，上面放着一根青瓜。

「看，青瓜像不像青龍？白糖像不像積雪？」摳門先生得意地說。

接着，他又去廚房端菜。

「再來一盤『絕色雙嬌』！」

吝嗇小姐心裏想：「『絕色雙嬌』又是什麼菜？是不是嬌滴滴的玫瑰花配上嬌滴滴的牡丹花？

結果呢，她看到摳門先生端出來

一盤青辣椒炒紅辣椒！

吝嗇小姐生氣了，心裏嘀咕着：好一個摳門先生，我以為你會請我品嘗什麼好東西呢。原來，比我還摳門啊！

吝嗇小姐毫不客氣地吃 掉了一盤「青龍卧雪」之後，對摳門先

生露出了甜蜜的微笑：「親愛的摳門先生，明天請您到我家做客，我請您吃晚餐！」

摳門先生看着笑容滿面的吝嗇小姐，也趕緊點頭答應了。

第二天，摳門先生去吝嗇小姐家做客。

吝嗇小姐為摳門先生準備的第一道菜，叫作「**一飛沖天**」，聽起來還真不錯呢。

摳門先生想：這是什麼食物啊，吃了就能一飛沖天？

可是，摳門先生沒想到，吝嗇小姐果然吝嗇，她端出來一碗湯，裏面漂着兩根鳥的羽毛。

「這就叫『一飛沖天』？」摳門先生傻眼 了。

「當然啦，有羽毛才會飛上天！」吝嗇小姐得意洋洋地說，「我再去為您端一盤『牛氣沖天』！」

難道是牛肉嗎？不過，她可沒那麼大方。摳門先生轉念一想，又暗自開心起來：要是吝嗇小姐牽頭牛 來，我一定毫不客氣牽走她的牛，讓她吃個啞

巴廚。

　　誰知道，吝嗇小姐端出來的是一
盤擺得高高的蝸牛殼。

　　摳門先生氣得滿臉漲紅。

　　「這可是名菜『焗蝸牛』🐚，
你⋯⋯你該不會生氣了吧？」吝嗇小姐

話音未落，真的看見摳門先生已經怒髮衝冠了。

啪——摳門先生一拍 桌子，就要推門離開這裏。

「哎呀，摳門先生別走啊，好不容易來了位新鄰居，我也不是故意要惹您生氣的，主要是您請我吃的菜也太讓人失望了，我這不是想以牙還牙嘛。」

兩個人互相解釋了自己的想法，都哭笑不得，也懂得了以後要以誠待人才能交到好朋友 的道理。

菜餚起名有學問

　　你喜歡吃美味的食物嗎？你對菜餚的名字有研究嗎？中國菜餚的取名非常有學問，不但可以用寫實的手法為菜餚取名，還可以用浪漫的想像為菜餚取名。有的菜名還能體現出歷史、神話傳說等內容。當然，大多數菜餚的名字都是**寫實**的，例如糖醋排骨、乾煎黃魚、檸檬雞片等。

　　除了這些菜名，有的菜餚**以人物命名**，例如東坡肉、李鴻章雜燴、麻婆豆腐等。有的菜餚**以歷史故事**、**神話**、**傳說**、**民俗命名**，例如鴻門宴、霸王別姬、鯉魚躍龍門、桃園三結義等。有的菜餚**以數位命名**，例如一品鍋、四喜丸子、五味羹等。還有的菜餚**以地區命名**，例如北京烤鴨、西湖醋魚、金陵丸子等。

　　除此之外，你知道八大菜系分別是哪八個嗎？它們分別是魯菜、川菜、江蘇菜、粵菜、閩菜、浙江菜、湘菜和徽菜。

1. 想像力小廚房

請根據以下的菜名，發揮你的想像力，把你認為的菜餚樣子畫出來吧！

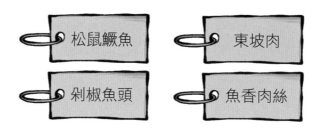

松鼠鱖魚

東坡肉

剁椒魚頭

魚香肉絲

2. 菜名連連看

下面這些菜名應該對應哪種菜餚呢？請把他們連起來吧！

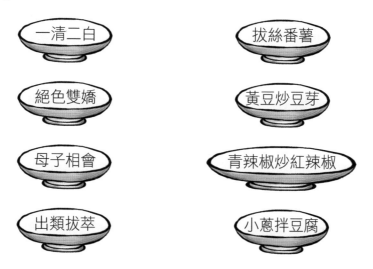

一清二白

拔絲番薯

絕色雙嬌

黃豆炒豆芽

母子相會

青辣椒炒紅辣椒

出類拔萃

小蔥拌豆腐

對戰詞語怪獸

（知識點：詞語接龍）

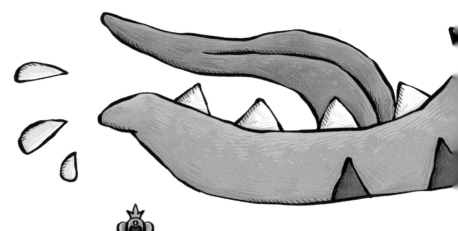

漢字王國 的森林深處，出現了一頭詞語怪獸。

怪獸喜歡吃字詞，見到「羊」啊，「兔」啊，「鹿」啊，「大雁」啊，就

會張大嘴巴，啊嗚啊嗚地吞下去。森林被牠破壞得不成樣子。

森林裏有兩位守護者，一位叫吉吉，一位叫瑞瑞。他倆可絕不允許怪獸繼續破壞  森林。

可是，該怎麼對付一頭怪獸呢？

115

吉吉和瑞瑞製作了很多陷阱 ⬭，把它們分布在森林各處。總有一個陷阱能抓住怪獸吧？

　　到了第二天，吉吉和瑞瑞發現，所有的陷阱竟然都被怪獸踏平 ⬖ 了！

　　一定還會有別的辦法！兩人坐在地上，開始苦思冥想。

　　「嗷嗚——」怪獸突然出現了，怒吼着朝吉吉和瑞瑞衝了過來。

　　吉吉和瑞瑞掉頭就跑，怪獸窮追不捨。

「分頭**跑**！」吉吉一邊跑，一邊對瑞瑞說。

「**跑**不**動**！」瑞瑞已經跑得上氣不接下氣了。

「**動**起**來**！」吉吉大聲喊。

「**來**不**及**！」瑞瑞真的是跑不動了，怪獸離他只有兩三米遠了。

這時候，神奇的事情發生了，怪獸的面前出現了一條小龍。小龍噴出一團火焰，逼得怪獸噠噠

噔後退了三步。

　　吉吉這才明白，他跟瑞瑞無意中說出的話**首尾文字相同**，就像**詞語接龍**一樣。就是這樣神奇的方法可以變出一條詞語龍。它正好是怪獸的剋星  。

　　想到這裏，吉吉趕緊接了一句：「**及**時雨！」

但是瑞瑞沒明白吉吉的意思，他以為吉吉是在表揚突然出現的小龍呢，所以趕忙附和道：「對對對，小龍真是及時雨！」

啪！糟糕了，這時怪獸抓住了時機，伸出利爪，把小龍拍翻在地，又張牙舞爪地朝吉吉和瑞瑞撲過來。

「瑞瑞，我們得玩詞語接龍，這樣才能讓小龍充滿力量，對付怪獸！」吉吉焦急地對瑞瑞說，「我先開始！蛟龍出海！」

瑞瑞一聽，趕緊接上。

「海納百川！」
「川流不息！」
「息事寧人！」
「人定勝天！」
「天羅地網！」
「網開一面！」
「面目全非！」

「非驢非馬！」

「馬到成功！」

……

哇，吉吉和瑞瑞越說越順溜，他們用詞語接出來的龍也越來越威猛，詞語龍伸出爪子，一把抓住怪獸，把牠丟出了森林。

這下，有詞語龍來幫忙守護森林，吉吉和瑞瑞再也不擔心森林被人破壞了。

齊來玩接龍遊戲

　　詞語接龍是中華民族傳統的文字遊戲。它不僅歷史悠久，而且社會基礎還非常廣泛，不論大人孩子，幾乎人人都會詞語接龍。

　　根據接的內容不同，大致可分為成語、詩詞兩種基本類型。

　　成語接龍的遊戲規則：參與遊戲的人**首先說出一個成語**，然後下一個人**用該成語的最後一個字進行接龍**，說出的成語中的**第一個字要和上一個人說出的成語中的最後一個字相同**（音同也可以），就這樣首尾相接，不斷延伸，形成長龍。

　　也可以把成語換成詩詞，進行接龍遊戲。

　　設置一些懲罰小機制，和周圍的朋友們開始一場詞語接龍遊戲吧！

成語接龍

請把缺少的成語補上，完成下面四列成語接龍吧！

四海為家	天經地義	善解人意	
↓	↓	↓	↓
			新陳代謝
↓			↓
曉之以理	辭舊迎新	發揚光大	
↓	↓	↓	↓
			地動山搖

參考答案

P.13

看圖猜詞

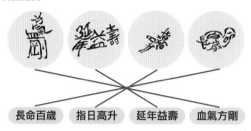

| 長命百歲 | 指日高升 | 延年益壽 | 血氣方剛 |

褒義詞大觀園

能說會道、能言善辯、伶牙俐齒、眉飛色舞、神采奕奕

P.23

垃圾分類

蠢、漠、堅、惰、

亮、恥、美、可、

良、敢

愚蠢、冷漠、懶惰、無恥是貶義詞

P.33

送詞語娃娃回家

1. 嚴格；2. 嚴肅；3. 寧靜；4. 安靜

近義詞連連看

P.43

看圖猜反義詞

胖、瘦；左、右；輕、重；上、下

找找反義詞

高、矮；快、慢；早、晚

P.53

反義詞大挑戰

喜歡——討厭；大——小；美麗——醜陋；

高興——難過；輕鬆——緊張；

新鮮——陳舊；真實——虛假；

好吃——難吃；忙碌——悠閒

P.63

詞義連連看

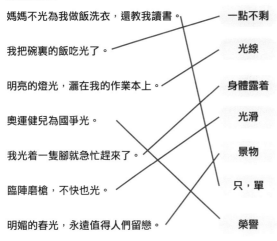

媽媽不光為我做飯洗衣，還教我讀書。　　一點不剩

我把碗裏的飯吃光了。　　光線

明亮的燈光，灑在我的作業本上。　　身體露着

奧運健兒為國爭光。　　光滑

我光着一隻腳就急忙趕來了。　　景物

臨陣磨槍，不快也光。　　只，單

明媚的春光，永遠值得人們留戀。　　榮譽

P.73

與十二生肖相關的成語

膽小如鼠、小試牛刀、虎背熊腰、守株待兔、

龍飛鳳舞、畫蛇添足、馬到成功、亡羊補牢、

尖嘴猴腮、呆若木雞、狗尾續貂、豬狗不如

P.83

看圖猜成語

鳥語花香、順藤摸瓜、霧裏看花、錦上添花、魚米之鄉、枯木逢春

P.93

我會說禮貌用語

您好；請問；貴姓；打擾；拜託；勞煩；抱歉；請進；失陪；留步

情境判斷

✓、✗、✓、✓、✗

P.103

情緒我知道

1. 開心；2. 生氣；3. 悲傷；4. 震驚

情緒猜猜猜

A；B；C

P.113

菜名連連看

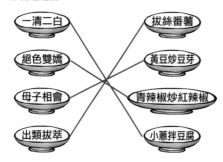

P. 123

成語接龍

家喻戶曉、理直氣壯；
義不容辭、新仇舊恨；
意氣風發、大名鼎鼎；
推陳出新、謝天謝地

童話大語文

詞語篇（下）詞語的運用

原 書 名：《童話大語文：詞語怪獸》
作　　者：陳夢敏
繪　　者：冉少丹
責任編輯：林可欣
美術設計：劉麗萍
出　　版：新雅文化事業有限公司
　　　　　香港英皇道 499 號北角工業大廈 18 樓
　　　　　電話：（852）2138 7998
　　　　　傳真：（852）2597 4003
　　　　　網址：http://www.sunya.com.hk
　　　　　電郵：marketing@sunya.com.hk
發　　行：香港聯合書刊物流有限公司
　　　　　香港荃灣德士古道220-248號荃灣工業中心16樓
　　　　　電話：（852）2150 2100
　　　　　傳真：（852）2407 3062
　　　　　電郵：info@suplogistics.com.hk
印　　刷：中華商務彩色印刷有限公司
　　　　　香港新界大埔汀麗路 36 號
版　　次：二〇二四年六月初版

ISBN: 978-962-08-8385-9
Traditional Chinese Edition © 2024 Sun Ya Publications (HK) Ltd.
18/F, North Point Industrial Building, 499 King's Road, Hong Kong
Published in Hong Kong SAR, China
Printed in China